霞野

宗清友宏

石風社

詩集　霞野＊目次

霞野　6
龍体めざめ　12
葉陰の歌　14
速度の祝福　18
旋回する、夕涼み　20
青のマトリックス　24
秋を告げる　26
鉄の輪廻　30
かえで（楓）　32
サザンカ星雲　34
虚空　36
ー。・、。　40
囀りたち　42
発生の未知　48

（換相曲）
形態論　52

切っ先に　ふれて　54
・・　56
秋　58
月下草帯　60

〈月讀歌〉
ツクヨミ　64
ツクヨミⅡ　72
ヒルメ・ツクヨミ　80
ヒルメ・ツクヨミⅡ　88
渦実歌《ウズミウタ》　96

初出・註　104

装幀：onto-g.

霞野

霞野

カテゴリーが割れて
ちょっと窓を見つめる午後
案件の流れる空の下を
ダニエルが横切り
時の縁がめくれ始めている
誰かがさらに投げ込む
なぞなぞの木の実は
銀色をして
解かれる暇はない
そこに　たまゆら
たままゆる街
逆さまに飛んでゆく
ひと

ゆるやかな曲線の眠り
その軌跡から降ってくる
幽かな文字群
すくい受ける
見知らぬ人の掌から
こぼれてゆく風
飛ぶひとのあとを追って
霞む雲間に消える
昼の流星たち
ゆるやかに広がる
たまゆる街
手をかざし眺めている
靄《もや》立つまぼろしの岩山は遠く
むなかたの広い霞の中にいる
兆し始める　ふたつのトーン
深く研ぎ澄まされた石たち
樹木の輪廻も進む

高宮からの道を外れた所から
やって来る
錫杖の音
続く長いアスファルトの道
揺らぐ左右の光景を超えて
ふたたび急速にやって来る
錫杖の音
案件の流れてゆく
窓を見つめる午後が割れて
近くの「ダージリン」で
遅いティータイムが始まり
ほそい風の吹く菩提樹の葉陰に
紙のＩＣチップらが揺らぎ落ち
すくい受ける
見知らぬ人の掌から
こぼれてゆく波
むなかたの広い霞の中にいる

小さな火と水
残されたコップに映える
水輪のリズム
ゆるやかに陽は西へと翳り
遠い玄界の海をゆく海亀が
ヒメの刻印を受ける夜へと
街や田畑の様々な場所で
秘かに待ちわびる人たちの
ポケットに
いつの間にか入っていた砂
その重さで裂けるウツツ
手が素通しになるところ
それぞれの視野のこちらに
小さな銀河の渦実が播かれ
極微が舞う
錫杖がしなる
おのごろ　おのごろ

ひるこ　あわしま
あわじしま
むなかたの広い霞の中にいる

龍体めざめ

砂撃つ風ら　震える粒ら
温帯低気圧がなめらかに覆い
顧みる暇のない午後を生きて

流れる砂ら　摩滅を続け
ゆるやかに　もの舞い
やがて静止して　目を開き

見えない粒ら　浮遊を始め
空気の螺旋の誘いとともに
かすかな光が躍っていて

遠くの空から雷鳴がひとつ
速やかな移動を続け
机上に震える薄い液晶の膜

温帯低気圧がなめらかに覆い
かすかな光は点線となり
ゆるやかに　もの舞い

空気の螺旋の誘いとともに
一ミリほどの龍体めざめ
速やかな移動を続け

かすかな光は点線となり
迅速　迅速
一ミリほどの龍体めざめ

葉陰の歌

ささやかな朝
かたつむり達が　葉陰を進んでいる
別の葉陰には　てんとう虫が集まり
何かを　そこで話し合っている
風が　少し吹いて　葉陰を揺らす
鳥たちのさえずりは　少し前に終わり
人間の声が　ゆるやかに通り過ぎてゆく
空気は　どことなく震え
季節は　今　葉陰に兆している

‡

光が少し増し　比重が揺れ

注意深く移動してゆく風の中に
短いものが生じている
様々な長さにズレを起こしながら
どこかに抜けてゆく
消えたところに　緑が揺れている

‡

垣根のすみ
葉陰に隠されている石の周りを
そこだけ速く　風が流れる
石は　とまっている

‡

遠くから来る
秘められた揺れが全体に伝わり

葉陰のどこかで
激しい歌が始まっている
そこに「節」が隆起し
その縁がささやきを増し
見えないものが飛んでいる

‡

垣根の一所で　あじさいの花が
たくさん首を振っている
その向こうに
二つの空が広がる
白い羽根が一枚
その一つからゆっくり降りてくる
てんとう虫の一群が
いっせいに飛び立つ

‡

一本の線のような人間の腕が伸び
葉陰に斜線が入る
その影を残したまま
垣根の実写が何事もなく
揺れ続けている

‡

(幽かに震えている夜明け
さざ波が葉陰をわたり
固い木霊が地に落ちてゆく
夜露を少し飲んだ　てんとう虫が
目覚めていて
さざ波を聞いている)

速度の祝福

朝のプラットフォームに立ち
重力のしぶきにふれながら
浮かぶ透明な歯車を見ている

横切ってゆくたくさんの人
十センチ四方の表情が混雑し
どこかでコクリとのどが鳴る

ガラスの煌めきが近づき
反射光が次々に歯車を消し
音響の中に重力は薄れる

点線で舞い続ける過程は
速度の祝福を受けながら
幾何立体を築くのだ

重力のしぶきにふれながら
その方法を確かめている
十センチ四方の表情が混雑し

反射光が次々に歯車を消し
進むべき過程をゆく
速度の祝福を受けながら

その方法を確かめている
祥速　祥速
進むべき過程をゆく

旋回する、夕涼み

陽の落ちた光の中
まだ熱のもやの残る様々な場所で
わずかな風をたよりに
物としての私たちは
身体をどちらかにひねりながら
彼らの歌を聴く
右にひねり
左にひねり
彼らの歌を聴く

《小さな波として＝粒として　翔《かけ》るものたちが
指先の　淡い空域から　急に消えている

そのまま成層圏の
風の木霊の脇に　一瞬たたずみ
一条・一箇として遅れず
さらに深層の空域へ翔る

《くるぶしを　小さな風がとおり
熱のもやは逃げて
そこからも　彼らの歌を聴く

ふいに去るのか？
彼らは。
いや、

小さな波として＝粒として　翔るものたちが
成層圏を抜け　キュンと斜めに旋回上昇し
透明な紫の広がる電離層あたりで
一条の　薄い　キレギレの光跡として
無数の　それぞれの半球に現れながら
めぐってゆく

《右肩が急にキコンと鳴り
そこから左耳へかけて流れる
彼らの歌を聴く

草のうえ
樹木のうえ
夕涼みの空が
みちてくる

青のマトリックス

降りそそぐ宇宙線の香り
都市の物質はナミダち
ピカソが角から振り返っている

一つの青い線が三つにブレ始め
その縁から幽かに火花がたち
ガラスの男が街角に現れる

人混みの中を早足でゆく少年の
手のひらからは星が翔り
ガラスの男が追いかけ始める

人々の心音が反響する中
少年は隙間をうまく走り抜け
砕け続ける音があとから続く

都市の物質はナミダち
青のマトリックスは少しずれ
その縁から幽かに火花がたち

手のひらからは星が翔り
ピキ　ピシ　ピ
少年は隙間をうまく走り抜け

青のマトリックスは少しずれ
瞬速　瞬速
ピキ　ピシ　ピ

秋を告げる

白昼の公園に座っています
手頃な石の上　後ろは芝生です
前の細かい砂利が少しずつ震えています
針葉の樹木たちは化石として立ちつくし
風の中でも枝葉は揺れません
遠くに同じように座っている人がいます
地面を見ているようです
「永かったね」
「いや、そんなこともないね」
細かい砂利が少しずつ震えています
僕の靴は　その震えの中で
ちょっとぼやけています
「青い空が続いていたね」

「水は確かに美味しかった」
ゆうらりコスモス　花ひとつ
天のしずくの中にあり
ふと見ると向こうの人が立ち上がりました
公園のグリーンのフェンスの方へ
ピキン　ピキン　ピキン
陽炎も立たず　よく見えるのです
グリーンの歪みマトリックスの中へ
ピキン　ピキン　ピキン
小さく骨の鳴っている
斜め後ろからの姿がよく見えるのです
「たぶん出口じゃないと思うんだけど」
「ここはどこでもドアだったはず……」
細かい砂利が少しずつ震えています
陽炎はありません
グリーンの歪みマトリックスの中へ
その人のカラダがそのまま入っていきます

ピキン　ピキン　ピキン
　　ピキン　ピキン　ピキン
♪♪♪　♭♪　♪
　♪♪♪　♭♪　♪
スケルトンの携帯が急に音符を小さく振りまき
「ハイ　m. です」
「いつものところ?」
「ハイ、昼休みをとっていますが」
「そろそろ　mgz 対応なので、用意して」
白昼の公園は明るく静かで
樹木とベンチが所々並んでいる以外
何もありません
「ええ、分かっています」
「細かい砂利が少しずつ震えています、って?」
「えっ?」
メタセコイヤの枝葉が大きくなびき
風が吹きわたって　秋を告げる

鉄の輪廻

たわむ瓶の上部
風そよぐ発条《ゼンマイ》の蓋《ふた》から
さかんに文字が蒸発している

渦巻いている蛋白質の闇梯子
光ごけが点線にくねり
来歴を忘却し続ける瘡蓋《かさぶた》ひとつ

瓶をふると水澄まし目覚め
すぐ落ちてくる沢山の朝顔
カルシウムの地図が軋んでいる

良い音階を奏でる継ぎ目を
複眼をもつ人たちが渡り
水のドラミングが上空に抜ける

風そよぐ発条《ゼンマイ》の蓋《ふた》から
鉄の輪廻の流れにそって
光ごけが点線にくねり

すぐ落ちてくる沢山の朝顔
反射鏡に集光される星屑の中
複眼をもつ人たちが渡り

鉄の輪廻の流れにそって
弥栄　弥栄
反射鏡に集光される星屑の中

かえで（楓）

よみ（黄泉）おうみ（近江）おうみ（逢身）かえで
　隠り世の透きとおる朝

かえで（楓）おうみ（追身）おうみ（近江）よみ
　水のすき間にかわす恋

よみ（世身）よみ（与身）よみ（代身）かえで
　逆巻きよみがえる水

かえで（楓）おうみ（近江）とおとうみ（遠江）ふるえ
　真水ゆさぶる渋るシラブル

ヨミ（黄泉）フカ（深）くネム（眠）るアサ（朝）

あざやかに散る楓

サザンカ星雲

広がる透明な枝葉のうえ
白色の微動する星雲が
至近距離で咲き続けてゆく

物理法則を無視したような
空間域の出来事が起こり
猫族がキョトンと見上げている

きれいな重力密度が軋んで
天空のいたる所に白い渦が見え
地上の蟻族も関心を示している

「いいのですよ、
今回はビッグバン第三期発展記念で
ますます咲いてもらいます」

白色の微動する星雲が
互いの繊細な腕を絡ませてゆく
空間域の出来事が起こり

天空のいたる所に白い渦が見え
いつの間にか五百億年が過ぎ
今回はビッグバン第三期発展記念で
互いの繊細な腕を絡ませてゆく
祥雲　祥雲
いつの間にか五百億年が過ぎ

虚空

言の葉の粒が
地球面を転がってゆく
南に　北に
すこし螺旋を描きながら
転がり続け
国境地帯で
幽かなざわめきをおこし
さらに広がり
色や形を変えながら
転がってゆく
草や木の葉も
風にふるえ　音を出し
地下の繊毛は無数にのび

土を穿つ繊細な音は
地球面にさざなみ
広がる
球面大気の高低旋律
球面膜の幽かな水音
そのひとつ上空には
音のない
紫の虚空
木の家　石の家
生物の家をはるかに包む
紫の虚空
言の葉の粒は転げ広がり
やがて多くの山脈の頂点から
様々な電波塔の先端から
急速に電離層へ伸び上がり
電子のからだをまとい
舞い始めている

そこに波打ち広がる膜は
無数の宇宙線に射抜かれて
トピトピしている
紫の虚空
音のない
高低旋律の翔る
桔梗の脈拍
言の葉の粒は
そこから虚空へ
スピン½

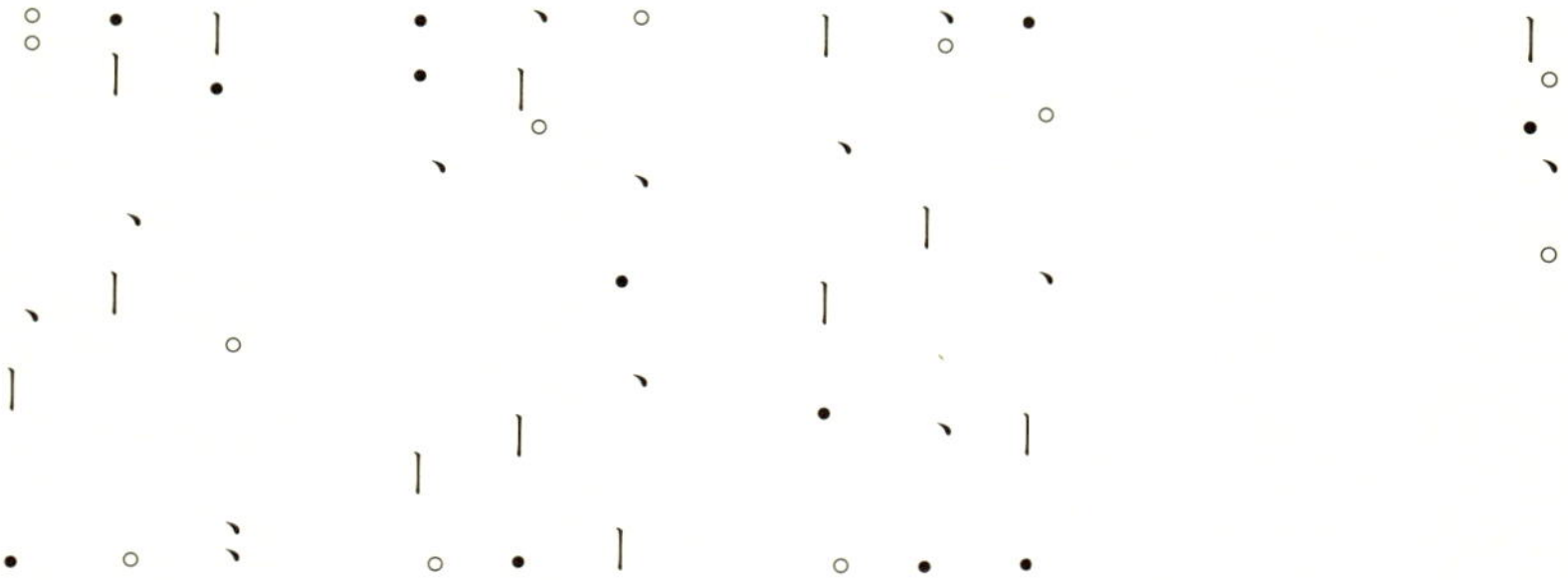

、、○・「

「「・○、

、・「○○

、○「、・

「○○、・

、「○「・

・「、「○

・・「、○

「「・○、

「○○、・

祥点　祥点

・・「、○

囀りたち

囀りが
真空の中にきしむ
発火した色が割れていて
白でも黒でもない無色が
稲妻として走る
それを遠く眺めている
月の少年たちのひらく
手のひらの上に
薄い重力がよぎり
水滴が浮かんでいる
その一粒にきざす
原子の神殿
薄い絹の揺らぎや

霞む遠景が内部に広がり
音に似た流れる点線たちが
わずかに曲がりながら
それぞれに走ってゆく
語られぬ物語の罫線
そこにやがて非対称の線の
蜃気楼が芽吹き
すべて違う方向へ幽かに揺れ
奥の方からたどる
秘かに重ねられ形づくられた
ゆるやかな碁盤の目の上で
小さな円錐が夢をみている
その線たちの下には
遥かに何もない
ときどき綺麗な手のひらが
そこに差し入れられ
無色の果実を

こっそり引き出す
まだ生まれないもの
物のウッツに仮定された
木霊がめぐり
強い波紋が前後しているとき
そこから
やがて始まる一日の
薄明と時の薄明の円点に
波紋が一瞬で満ち
その生まれたての空域の
圧の微妙なバランスの一点が
弾け
交互に二つの音階が
渦巻き現れ
高速の風を起こし
果てのない
空の向こう側へと

吹き始め
吹き続け
今　隠された物たちは
風のカラダ
まだ薄明を保つ空の香りが
そこに沁みこみ
正確に続く
誰かの軽やかなコーラスは流れ
その旋律を感じ
急速に確かな明かりが蠢き始め
そのまま影として潜む
柔らかなものたちは
吹きわたり広がった
風のカラダを
ゆるやかに引きよせ丸め
協力して無数の青い渦実を造る
いつの間にか続いていていた

永い一日の始まりの朝
前後の記憶を思い出し
飛ぼうとする囀りたちは
くりかえし発火していた

発生の未知

夢幸彦の振る　新しい小枝
ひかりの水滴　パラリ
流れる光列の一つが文字を孕み

小さな線達が中で回転して
縁にふれ始めるとにじみ
外へ蠢動してゆく幽かな波

透明な達磨《ダルマ》がそこに浮かび
流れる背景は広がり始め
墨色の目玉だけが二つ見え

無の音色は移動をつづけ
物質は青い幻として現れ
五大の点列が振動している

ひかりの水滴　パラリ
発生の未知がひらき
縁にふれ始めるとにじみ

流れる背景は広がり始め
いつか墨色の瞳は隠れ
物質は青い幻として現れ

発生の未知がひらき
祥来　祥来
いつか墨色の瞳は隠れ

（換相曲）

形態論

アンバランスな風が
足を引きずり街をゆく
形態をケータイしている者たちの間を
かすれながら　か細く　光りながら
ふと前からやって来る形態に
発生しつつある上部球形内の変化を
光速で見つけ　駆け抜けてくるであろう
音速のドラマを　横風で交わし
渦巻く（花粉流）の中に
ささやかな水脈をつけながら
直線的街風には　なぶられつつ
周囲に満ちている国語の群を
感慨深く　交わし

風の形態は　和やかに
ぶれ続ける

切っ先に　ふれて

＞＞＞＞

蜻蛉

カゲロフ

かげろふ

はかなさの　ことば

事場のゆらめきをめぐらせて
すすみゆく　大地
すすみゆく　風雅の
切っ先に　ふれて

かげろふ（ゆるやかな空気の舞う
カゲロフ〈陽のカラクリに乗って

蜻蛉　［三体に変化する

言葉のゆらめきをめぐらせて
すすみゆく　代置
すすみゆく　フーガの
切っ先に　ふれて

かえりゆく　ことば
　　　　　　　　　　かげろふ
　　　　　　　　カゲロフ
　　　　蜻蛉
くくくく

・
・
コスモスが揺れている
花と長い茎の霞む無数の曲線
その隙間を黒い豆粒が
軽々と飛んでいる

コ・ス・モス
コスモ・ス・
コ・スモ・ス
コス・モス・

時間旅行者たちが
・
・
から覗いているのだ

細い茎の揺れる密林の間
風のながれと無関係に
有機体のややこしい塊を避けて

風・　　　・風
風・　　風　・
風・風・
風・・風

最近気がついた
僕の頬の小さなホクロ

・
・

秋

ホーホケキョと
熊が鳴いている
熊は九官鳥の名前である
熊が歩いている
畳の上をトントンと歩く
僕の投げた詩をちょっと見て
ついばんでいる
熊の爪のような熊の嘴で
ついばんでいる
熊よ　美味しいかい？　不味いかい？
「う～ん、これは不味いのではないですか」
「ホーホケキョ」
熊が僕の詩について感想を述べる

僕は猫であって
時々　熊を狙ってしまうのだが
御主人さまが　どこかでじっと
見ている気配が強くするので
僕にとっての詩である万両の赤い実を
熊に　時々投げるのである
ホーホケキョ
ホーホケキョ
秋である

月下草帯

そにあってなん
（わがるがね　じげどがざっと
えじそんじ）
そね
（にや　しれでんがーじ）
そね　じゃがっとすっと
（くちかまるたい）
そったらすん
（しゅつっと　とびるさ）
じゃしがっとすん
（まだ　そけらんと）
だだ　そけらんと
（そね　おっ　あおぶる）

そーあおぶる　げっか
(さらすがっどお)
しばれるね
(そうたい)
そうたい

〈月讀歌〉

ツクヨミ　（二〇〇五・弥生）

（月齢）

20　ムーン・エア　夜半にそよぎ笹のゆれ　枕辺をゆくひとのあり

21　雨の夜　アルミニウムの光あり　月の子たちは鈍やかに

22　下弦光　射しこむ隙間かすかなり　いつか目にした歴史線

23
雲透けて　赤き不動の顔浮かび　見る間に消えし闇の中

24
地の向こう　すすむ白さの気配して　こちらの夢は反世界

25
明け方に　うすく眉引くひとのあり　鏡の枠は水色に

26
あかつきに　透明な月落ちかかり　白い息はく街のひと

27

暖かき　陽の西天に目を凝らす　つむじ曲がりの月狂い

28

入ります　トランジットの白き部屋　コロナの縁をユラユラと

0

新月に　植物たちは里帰り　ティコの外輪めぐります

1

天のひと　生まれるときに瞳閉じ　すべてを忘れ目をひらく

2

指先に　かすかに萌すムーン・エア　タクトの先は待つ虚空

3

春の雪　金の尾びれのなす風に　こちらに来たり流れたり

4

月讀《ツクヨミ》は　二十九音の型として　みちひきのなみ測ります

5

季語不問　月讀たちの地上戦　ヒジリの読みは知りませぬ

6

花粉舞う　いえいえ、あれは月の粉　杉は夜間に密輸入

7

地下街の　果てで振り向くひとのあり　階段に射す月の路

8

月高く　森の樹木は背伸びする　道になみうつ境界線

9

月光に　北斗は薄く水のよう　流れる星も水のよう

10 月齢の　十におこるか大地震　数秒、ひとは月のうえ

11 月見えず　微震の夜の深みあり　電磁波飛んで紙が落ち

12 日常と　月常の日々変わりなく　「明日」と「明月」地をめぐる

13 月影の　ひそやかな道うつむきて　わが影淡く先をゆく

14
月からの　ビーム地上を走査して　菜の花ひとり防戦す

15
満月へ　からだは少し浮き上がり　我らひとときの自由人

16
満ちたあと　静かに欠けゆく後退戦　それがそのまま暁へ

17
花近し　けれど月讀気にもせず　満ち欠け・潮の波のなか

18　真夜中に　見知らぬものら飛び交いて　月は彼らを照らしけり

19　思い出は　月とピエロと戦車隊　いつの時代の夜半かな

20　水面を　滑り続ける月青に　流れる輪廻浮かびけり

ツクヨミⅡ（二〇一二）

ダイナモを　空廻しする時のごと　何か分からぬ月の音

月きざす　夜半の海の静けさに　黄色き水の滴りて

月白に　枯れし水跡続きおり　その境目を歩むひと

姿なき　月も血走る陸のうえ　時の止まりし白き点

めぐり出す　過去時の血だまり噴きだして　瘡蓋《かさぶた》薄き月の海

月を避け　黒き微塵の地に染みて　ヒトのなすことヒトが受く

盤古《ばんこ》起き　鳴動の眼の触手のび　写してしるす月鏡《つきかがみ》

変化する　月讀歌《ツクヨミウタ》の波打ちに　消え去りしもの残るもの

太陽の　ふちで身を脱ぎ隠れ込む　月不異空　空不異月

立春に　寒さ深まり血はこごえ　月もふるえる右脳かな

揺れ惑う　ガイアの岩陰粘菌の　微月上げたり流れたり

「かぐや」撮る　月面に浮く青き珠《たま》　ラピスのごときそこはここ

暗黒に　青き宝珠の浮かびおり　月の珠より遥拝す

重力は　珠を創りて支え合い　金環食の輪ふりそそぐ

不変なる　月のもとにて歳は過ぎ　生死のリズム地を蓋い

薄雲に　満月残り暑き夜　昔の友の家を過ぐ

漁火は　海の都の蜃気楼　竜宮城は月を待つ

羽化のため　樹を登る朝の蟬たちの　複眼に舞う白き月

蜘蛛の巣に　黄蝶かかりて丸められ　小枝を透きて月昇る

南極の　二足歩行の鳥たちは　白黒の月　神として

海中に　月影射して誘うもの　鯨は背骨を垂直に

影を吸い　赤銅色《げっしょく》のまなこ開け　宇宙のゲート浮かびおり

サザンカの　萎び凍れる明け方に　満月白く西にあり

月讀は　みちひきのなみ測りつつ　青空のもと姿なし

地にきざす　日靈《ヒルメ》・月讀二照して　かざらぬ時がめぐりゆく

街をゆく　ほの白き人の手のひらに　月の種族の印あり

海原に　青龍ありて月をのせ　陸の盤古が黒塵吐

山霞む　重き色にて緑無く　夜も新月ひかり無し

月在るに　星の見えない夜の道　黒き微塵の底をゆく

黒霧の　広がる末に息止めて　日靈の岩戸閉めし闇

ヒルメ・ツクヨミ（身心論）

日靈歌《ヒルメウタ》　三十一音のかたちとり　万象こころ時をうつせり

わが身体　ふらふらしつつ危うくて　操りの糸三日月に

雨の夜　響く心音聴き入りて　身体の場所の危うき狭間

片足の　外にはみ出し風凍る　ここからの声わが内めぐる

左肩　なに物のありのさばりて　ふらふら進むヒの道のうえ

日々変わる　気象のもとに身体ゆれ　寄せる黒塵　海・山に染む

天頂に　半月傍の歳星は　飛び出すこころ言葉のかかり

月包み　広がる雲の色濃くて　おぼろといわず物の化や

揺れ始め　二秒たちて立ち上がり　クラゲの大地足沈みけり

首すじに　あたる光や西空の　くらさの中の二日月

稲光　瞬時に響く雷鳴の　迫りくる夜は神罰思う

心音の　響き押さえて会う友と　音声炸裂外なる響き

日靈歌　内界よりも外界へ　黙って座り日光を受く

月光を　強きＬＥＤ外灯が　きれいに隠し薔薇熟れぬ

太陽の　奥からにじむ光量子　やがて世間の形に浮かび

背骨たて　背骨の動き意識する　一人にひとつ天柱持ち

海底を　這いゆくごとき鰭四つ　目覚める時の儀式なりけり

鰭四つ　巧みに使い背骨たて　朝の寝起きに四億年過ぎ

迫りくる　アノマロカリス《古生代・節足動物》振り切って　か細き脊索《せきさく》弾力にみち

葉緑素　よくぞ地上を覆いけり　腹鰭使い今日もお散歩

創られし　ひとつのからだ動きゆく　背骨に満ちし竜の躍動

陽光を　受けて湧きたつ陸と海　球面奏でてコアは熱する

生きものの　喰らい合うのは五億年　骨身に沁みた刷り込み記憶

植物と　昆虫たちの防衛軍　なすすべなくて脳人見つめ

竜たちも　極楽鳥の夢をみる　裸のサルよ何かの蛹《さなぎ》

芯音《しんおん》は　背骨の中で黙しけり　外部映すも下降も自在

自ずから　いのちは奥へ向かいゆく　熱鉄のコア、太陽の芯

重力を　脱した場所で月を見る　上下が薄れ丸みあり

満月を　脳の内部で再現し　そこにとどめて座りおり

黒雲も　雷雨も波も来るがよい　轟きあふれ叫び出す地場

星砂を　一粒かみて街をゆく　日靈の内に銀河あふれて

ヒルメ・ツクヨミⅡ

クニたちよ　個人はどこへも移ります　ヒルメ・ツクヨミ・ウナバラ・ダイチ

言葉こそ　骨身の動き、微調整　弱き文化を一ミリ進め

脳内の　ニューラル・ネットワーク達　大気の条でヒト類つなぐ

スマホ持ち　行き交うヒトの視神経　大気と切れてさみしからずや

環境の　言葉刷り込み意識湧く　その奥へゆけ燃えさかる場所

仕組まれた　種の発芽は時の中　大地はそれを活かすや殺す

うみゆかば　みずくかばね　やまゆかば　こけむすかばね　われらをみつめ

リズムよく　近づく音の夏祭り　白き装束白き月

雑踏を　懐かしき人すれ違い　小さき歌の幽かにおこり

超月《スーパームーン》を　心待ちして眺むれば　変わらぬ月に背伸びして

月澄みて　何だか虫の騒ぐ時　燐光の翅　背にめばえ

詩の場所は　原初よりあり静寂《しじま》にて　小さき音拍　交わすのみ

虫の音も　静かに消えて土に沁む　月光宿す卵たち

ヒの国が　張り巡らせりマグマ脈　はち切れそうな時の意味とは

いつの世も　前触れのあり微かなる　空気のさわぎ地の脈の色

ガイアゆく　我らの視界のひと隅に　新たな虚空招きつづけて

刻々と　虚空をゆきし大気膜　ウィルスもゆく猫族もゆく

この世にて　銀河の波間浮かびしが　近くにぷかりアリストテレス

お月さま　ぶんぶん周りを廻ってる　銀河水位のジャイロかな

産湯から　湯灌のあいだ浮かびつつ　銀河航路は細点微動

オリオンも　北斗の形も変わりなく　あと二、三度はその元で舞う

ヒト類も　五色あたりが良いとこか　黒白ベースの三原色で

あと万年　ヒト類混じりて新たなる　あのころのごと歌合い響き

虚空蔵　そこそ力湧きいづる　銀河の渦実　音符のごとく

状況は　六十四相を輪廻して　テンタクカライ　フウスイサンチ

歌めぐり　日靈《ヒルメ》・月讀《ツクヨミ》・太極の　相の数々記録して

盤古たち　起源を知れよ欲動の　陽極まりて月涼し

北海の　氷薄れて空広く　赤光降りしオロチの眼

北海の　月は水面浮き沈み　海坊主のごと陽を追って

ヒの地脈　ぼこぼこと噴き奏でつつ　薄き地表は皮膜の夢中

月は満ち　地殻を引いて呼吸して　頭蓋の切れ目に入りけり

渦《ウズ》実《ミ》歌《ウタ》

地はめぐり　天の川揺れ流れ変え　命はみんな船酔いの中

砂流れ　刻々と降る砂時計　銀河の中の陽の姿かな

光さえ　四年はかかる隣り星　その虚空域ささやきが漏れ

天をゆく〈銀河鉄道〉渦まわり　黒き車両、光速超えて

天のひと〈鉄道網〉を巡らせて　地域格差に苦心の配慮

最近は　車窓を楽しむこともなく　星雲絵画の時代懐かし

〈駅〉ごとに　浄玻璃のゲート設備《かがみ》して　恐る恐るゆく自動改札

六道は　炎の渦を輪廻して　私はたぶんトロッコ線へ

そびえ立つ　須弥山つつむ水輪は　銀河の渦実の先取りとして

須弥山の　上方に噴く虚空域　渦実の放つ放射《ジェット》のごとく

銀河系　その中心に舞う黒き点《ブラックホール》　落ちた星砂、虚空へと飛び

渦実点《ブラックホール》　生死の秘密あるという　天人たちも覚悟して行く

星繋ぎ　銀河に広がるシナプスは　時間の遅延超えるがごとく

〈存在〉は　光速超えて在るらしく　銀河もやがて光速超えて

虚空蔵　広がりもなく時もなく　生死も消えて無の霞み在り

在りえるか　空位階層無限界　極微階層同じく無限

宙吊りに　始めと終りの中をゆく　誰かでもなく誰でもなくて

華厳界　その階層を丹念に　暇に任せて造りに造り

我として　多くの元素集まりて　お祭り楽しみ顔赤き神酒

車道側　タンポポ咲いて種は舞い　我らの地球となりにけり

もののせて　Ｆｅ《てつ》は進むよ血管内を　銀河航路の最前線を

見渡せば　無数といえる血肉あり　青き球面、染めゆく夕暮れ

どのような　物質育成すすむのか　一個の日々に幽かな変化

陽はそそぎ　月は静かに寄り添いて　大陸動き、海は泡立ち

修羅として　喰らい合う力の限界は　球面大気の変化とともに

青き粒　銀河航路の只中で　青き視界に宇宙を満たし

彗星に　目の分身を送りこみ　膝の各所は摩擦で痛み

血液よ　全身めぐれ休みなく　ここに一つの言葉もめぐる

基礎的な　分子配合まで造る　渦実の空に三次元の虹

血肉態　在りにけり　しかたなし　老病死苦行　五億年

地の上の　言葉すべての喩行者《ゆぎょうしゃ》は　銀河航路へ巡歌ささげて

初出・註

初出時の「詩誌」（＊1）

霞野　（『gui 72』奥成達・編集　04・8）
龍体めざめ　（『部分23』三井喬子・個人誌　03・12　初出時は「白色矮星」として）
葉陰の歌　（『gui 70』03・12）
速度の祝福　（未発表）
旋回する、夕涼み　（『midnight press 16』ミッドナイトプレス社　02・6）
青のマトリックス　（『gui 74』05・4）
秋を告げる　（未発表）
鉄の輪廻　（『部分23』03・12）
かえで（楓）　（『蘭54』高垣憲正・編集　02・11）
サザンカ星雲　（『gui 74』05・4）（＊2）
虚空　（『gui 75』05・8）
|。・、。　（『gui 78』06・8）
囀りたち　（『gui 80』07・4）

発生の未知　（未発表）

（換相曲）

形態論　（『蘭55』03・5）

切っ先に　ふれて　（『蘭53』02・7）

・・　（未発表）

秋　（未発表）

月下草帯　（『gui 78』06・8）

〈月讀歌〉

ツクヨミ　（『gui 77』06・4）

ツクヨミ Ⅱ　（未発表）

ヒルメ・ツクヨミ　（未発表）

ヒルメ・ツクヨミ Ⅱ　（未発表）

渦実歌《ウズミウタ》　（未発表）

註

（＊1）〈初出時〉とかなり詩語を変えた詩もある。特に「霞野」「龍体めざめ」「囀りたち」の三篇。また、「龍体めざめ」などの詩形は〈螺旋歌〉とも命名していて、それは詩行の進み方に螺旋的方法を用いているところからきている。また、それは先に書いている詩行をある規則性の中でもう一度使うので、あるいは「リサイクル詩」ともいえる。（なお、「龍」など、所々旧字体を意図して使っている）。

（＊2）〈サザンカ星雲〉：我々の銀河系内の様々な所に散らばっている星間物質が形作ってゆく面白い名称をもつ星雲たちがあるが、「サザンカ星雲」というのは実在しない。バラ星雲やアイリス星雲などはあるので、イメージとして、冬の花、山茶花をここでは使ってみた。また星雲という呼称にも天文学の初期から近代へと重層してゆく多様性が含まれていて、大マゼラン（星）雲などは我々の銀河系の外にある大きな星々の集合体であり、不規則な形の小銀河ともいえるものだが固有名詞としては「大マゼラン雲」という呼称を使っているし、以前よく使われていたアンドロメダ大星雲という呼称もアンドロメダ銀河のことを指していて、我々の銀河系内における超新星爆発などで出来たバラ星雲やアイリス星雲とはその規模も組成も違うにもかかわらず星雲という言い方をすることがあり、この「サザンカ星雲」という詩においては南半球の夜空に浮かぶ大マゼラン（星）雲の姿に近いイメージでもあるので、銀河という呼称ではなく、これは我々の銀河系の外の現象であるけれども、あえてサザンカにも合う星雲という呼称を使っている。（なお、新しい説では、大マゼラン（星）雲及び小マゼラン（星）雲はこの宇宙における初期の古い銀河がそのまま残っているものだといわれていて、現在、偶然のように我々の進化した渦巻き状の銀河系の近くを通り過ぎようとしているという）。また現宇宙の年齢はビッグバン以降百三十八億年であるが、詩語における「五百億年」とは、これから三百六十二億年後の新たな宇宙的事態についてのこうした（一応、有り得ない）「幻想」として、ここでは用いている。（「五百億年」でも、少ないだろう。本来、「～千億」の単位ともなるのかもしれないが、ここでは、まだ「幻想」しやすい数値として）。宇宙は最初期の「プランク長さ」ほどの極微単位から、まずインフレーション（的広がり）の後、ビッグバンの熱を発生させ、そこからほぼ十億年後には大構造の中の無数の銀河団が形成されるまでに成長し、そこからさらにビッグバン六十五億年後には、第二期ともいえる「真空のエネルギー・（ダークエネルギー）」の作用による新たな膨張加速が始まり、現在の百三十八億年後へと、その加速はそのまま衰えることなく持続されている。そして、このままいくと、それぞれの局所銀河群のみで纏まってゆくような、天空の空虚状態になるだろうといわれており、それではあまりに寂しいので、逆に、その宇宙に広がる空虚の中に、その真空力・ダークエネルギーのさらなる反作用でもあるかのごとく、奇跡的にどんどん新しい銀河系たちが少しずつ渦を巻きながら姿を現し、それも至近距離で生まれてゆくという、幻想の「第三期発展」という概念を使ってみた。また、我々の天の川銀河系とアンドロメダ銀河系は四十五億年後には接近・衝突して混じり合ってゆく重力作用の中にあり、その時にはどの惑星でも天空いっぱいに大アンドロメダの渦巻きが迫りくる光景を見ることになるのだが、そうした我々の近隣における局所銀河群（約三十個ほど）の相互作用の中、或いは遠い未来のこととして予測されている他の全ての銀河団がダークエネルギーの作用により遠ざかって行った後、そうして残された我々の銀河群のみで互いに「サザンカ星雲」のごとく近づき、天空に白い渦をまき散らしてゆく光景がもしかしたら様々な生命の育成している様々な惑星で見られることになるかもしれないという幻想も、ここでは有り得るかもしれない。

さて、しかし、こうした事実としては「有り得ない」と思われる詩語についての註解は必要なのだろうか？

詩集　霞野《かすみの》

二〇一六年一月二十日　初版第一刷発行

著　者　宗《むね》清《きよ》友《とも》宏《ひろ》

発行者　福元満治

発行所　石風社

福岡市中央区渡辺通二―三―二四

電　話〇九二（七一四）四八三八

FAX〇九二（七二五）三四四〇

印　刷　正光印刷株式会社

製　本　篠原製本株式会社